A UN ÉLECTEUR

DU DÉPARTEMENT DE LA SARTHE,

———

IL ne fallait rien moins, monsieur, que l'intervention du gouvernement pour mettre un terme à vos éternels ajournemens, et nous garantir le plaisir de vous posséder parmi nous. Mais enfin l'ordonnance est rendue ; le moment est fixé où le chef-lieu du département de la Sarthe doit devenir le théâtre des délibérations d'une grande assemblée électorale.

Appelé à l'honneur de contribuer pour votre part à la majesté de ce spectacle digne des regards d'une nation naturellement jalouse de son indépendance, vous avez dû vous pénétrer d'avance de la grandeur de votre mission. Aussi, dans le besoin que j'éprouve de discourir avec vous sur cette grave matière, j'ai moins pour objet de faire entrer dans votre âme le sentiment des obligations que vous impose votre titre d'électeur, que de vous exprimer confidentiellement mon vote, dans la privation où je me trouve de le prononcer solennellement avec vous.

Permettez-moi, pour satisfaire à une habitude que j'observe dans mes méditations, de débuter par un coup d'œil rapide sur le chemin que nous avons dû faire pour arriver à notre état actuel de civilisation. Cette méthode me paraît la plus propre à faciliter la déduction des devoirs qu'auront à remplir les députés que vous allez nommer. Elle serait peut-être pour ces derniers le guide le plus sûr qu'ils pussent adopter pour s'avancer avec aplomb dans notre avenir politique.

Lors donc qu'après m'être reporté à l'origine d'un peuple, je le vois devenir assez faible pour abandonner aux mains de quelques séducteurs le dépôt précieux de sa souveraineté, et entreprendre, sous la conduite de ces ambitieux, ce que nous appelons avec faste la grande œuvre de sa civilisation, en même temps que je plains le funeste aveuglement de l'un, je livre à l'exécration l'atroce fourberie des autres. Et, en effet, si je compare aux avantages de la condition qu'il quitte les prétendues douceurs de la condition qu'il cherche, quel autre sentiment peut faire naître en moi le sort de ce malheureux peuple ? Tout à l'heure, je contemplais une assemblée d'hommes liés par un intérêt commun, celui de leur conservation. Libres, tempérans, sains, robustes ; ne connaissant d'autre règle que celle de l'humanité, d'autres besoins, d'autres douleurs que ceux qu'ils tenaient immédiatement de la nature. Riches de leurs bras ; sans dissimulation, sans fard. La candeur était sur leurs fronts, la fraternité dans leurs cœurs, l'allégresse dans leurs accents, le bonheur sur leurs pas. Cependant.....
ô prodige étonnant de la civilisation ! un pas se fait, le

fruit du mal se détache : la scène est changée. L'homme n'a plus assez de force pour les calamités qui vont l'as-saillir. La pâle misère, les longues souffrances, les besoins factices dévorent tour à tour sa chétive exis-tence. Le vice hideux détrône l'innocence et la remplace. Le mensonge, l'adulation, la bassesse, les trahisons, les cruautés s'établissent sur les traces d'une douce sim-plicité. Je vois les despotes tendre la fatale chaîne à laquelle viennent s'attacher, d'un mouvement insensé, des multitudes d'esclaves condamnés à suivre désormais le branle qu'elle recevra de la main qui la gouverne. Malheureux troupeau d'hommes ! qui pourrait te dire si ton asservissement ne sera pas éternel ? Tu n'as déjà plus le courage de reporter un regard en arrière ; déjà tu n'entends plus ma voix qui te crie de rejeter loin de toi et les arts et les lettres, méprisables hochets que des traîtres destinent à te distraire de tes faibles regrets. Tel est le prestige qui t'entoure, que tes fers te semblent d'or. Leur fardeau commence à te devenir léger. Qu'un autre plus hardi que moi calcule les tristes chances qui te restent à courir.

J'esquisse à grands traits ces tableaux si dissemblables des premiers âges de la société, pour arriver plutôt à mon principal objet. D'ailleurs, c'est une simple lettre et non pas un livre que je me suis proposé de faire. Parvenu à son second point de dégradation, ce peuple fera des progrès plus ou moins prompts sur le penchant de l'abîme où il s'est placé lui-même, selon que des circonstances, qu'il ne lui appartiendra pas de maîtriser, se modifieront de telle ou telle manière. Et, puisqu'il a eu l'inconcevable lâcheté de se démettre du soin le plus inaliénable qui lui eût été confié, celui de sa propre conservation, il doit s'attendre à ne respirer, languir ou périr, que selon le bon plaisir du maître qu'il s'est donné. Tour à tour conquérant ou conquis, selon qu'il vivra sous un chef entreprenant ou faible; écrasé sous l'odieuse hiérarchie des priviléges d'opinion; pauvre, ignorant, serf, vassal, soumis à la roue sous le sceptre de plomb des seigneurs et des papes; lâche, dissolu sous un roi adonné au luxe et à la débauche, il épuisera toutes les viscissitudes que comporte la malheureuse condition humaine, en s'éloignant toujours du sentiment de sa dignité première. L'œil du philosophe ne démêlera en lui ni phisionomie, ni caractère. En un mot, il ne sera plus rien par lui-même, et moins encore par ses cruels meneurs.

Traversons à la hâte cette longue nuit d'abrutissement. Il est temps de sécher des larmes trop amères. Après avoir considéré comment, en outrageant la nature, en abjurant ses saintes lois, un peuple s'est engagé dans un dédale inexplicable de misères, jouissons du doux plaisir de contempler avec quelle sollicitude, quel généreux oubli cette même nature revient à son aide et l'arrache à son funeste destin. Je la vois, après de longs siècles d'abjection, créer dans les rangs mêmes des oppresseurs, l'homme au vaste génie, destiné à changer la face de la société politique. Nouveau Pro-méthée, il répand largement la vie sur tout ce qui l'approche. C'est un foyer bienfaisant devant lequel viennent se réchauffer des âmes engourdies par la servilité. Il paraît : les arts et les sciences, prostitués jusques-là dans les antichambres des grands, jadis instrumens de la décadence de la liberté, vont, par un contraste admirable, concourir le plus puissamment à son rétablissement. Qu'il défère, en grand homme, des honneurs à la justice, à l'héroïsme et à la vertu : c'en est assez. L'industrie, la poésie, la philosophie, l'histoire célèbrent ce triomphe et proclament à l'envi le règne des lumières. L'histoire surtout, ouvrant ses tablettes, laisse entrevoir à l'homme, comme dans un miroir fidèle, le tableau vivant de ses égaremens ; fait germer dans des âmes flétries l'enthousiasme de la gloire. C'est alors que de funestes sanglots attestent un malaise commun.

Mais hélas ! on ne revient pas tout à l'heure d'un état si désespéré. La raison publique, cet épouvantail des tyrans, ne se retrouve pas aussi aisément qu'elle se perd : au temps seul appartient le pouvoir de la mûrir. Ce qu'il y a de mieux à faire à présent, c'est de demeurer sensible au joug ; car, quelque tard qu'on attende pour s'en débarrasser, il faudra toujours le teindre de trop de sang humain. A mesure que l'impatience de le secouer deviendra plus générale, les efforts des monstres qui pèsent dessus deviendront moins puissans. Ce n'est cependant pas qu'il faille attendre au sortir d'un pareil avilissement, que tous les hommes soient ramenés à l'unité parfaite d'opinion; et pour deux raisons. La première, c'est que malheureusement il en est qui n'ont plus la force de se régénérer; la seconde, que l'amour de la liberté n'étant plus aussi pur, aussi absolu qu'il l'était d'abord, doit être observé avec soin et mis à profit en temps opportun, dans la crainte que quelque main ennemie ne l'étouffe à sa renaissance. J'aurais pu dire d'un seul mot que si l'unité d'opinion, dans un tel état de chose, était encore possible, il s'en suivrait naturellement qu'une révolution serait inutile pour reconquérir la liberté. Au reste, on ne saurait assujétir à des règles certaines ces sortes de crises que la circonstance la plus puérile en apparence peut quelquefois avancer d'un ou de plusieurs siècles.

O vous, qui vous jouez avec dureté du repos et de la vie de vos semblables, n'êtes-vous point effrayés à l'approche des maux que vous allez causer? Eh! que vous en coûterait-il pour en fermer à jamais la source? Le sacrifice d'un privilége odieux, celui de marcher sur des hommes. Mais j'oublie que je parle à des orgueilleux qui aimeraient mieux voir exterminer des nations que de déchirer leurs vains titres. Vous l'avez prononcé, barbares; votre coupable entêtement le confirme publiquement: vous prenez sur vous l'horrible responsabilité d'une révolution. Vous voulez que l'incorruptible histoire vous redemande un jour et le sang et les pleurs que vous allez faire répandre. Que si pourtant vos victimes triomphent et échappent à votre domination, on vous entendra encore crier à l'injustice, à la cruauté. Mais quelle pitié pourriez-vous faire naître en votre faveur ? De quel droit avant tout nous mettiez-vous à la chaîne ?

Vous avez, monsieur, pour décider de la justesse de mon opinion sur les révolutions, l'expérience de la nôtre que vous avez traversée, non sans quelque péril. Avec le sens et la perspicacité que je vous sais, vous n'avez pas manqué d'en distinguer exactement le principe ; et vous convenez, avec les hommes bien organisés, que les excessives vexations des corps privilégiés envers le peuple, ont, d'une part, nécessité cette lutte sanglante ; et que, de l'autre, la résistance maladroitement inhumaine de ces mêmes corps, l'a prolongée. C'est encore dans cette tenacité désordonnée que vous trouvez la source d'un nouveau genre de fureur, le plus déplorable de tous, celui qui fit tomber sous les coups des soldats de la liberté ses apôtres les plus ardens, les courageux restaurateurs de son culte sacré. Démence atroce et inexcusable dans un peuple qui eût été moins irrité, moins hébêté par les entraves, et qui mit dans la bouche d'un fameux orateur républicain, cette prédiction frappante : « La révolution française fera comme Saturne ; elle devorera ses propres enfans.

Il me semble voir sortir de la tombe, et paraître

soudain au sein de votre auguste assemblée, un de ces martyrs de la liberté. « Electeurs, vous dit-il, qu'il y
» a loin des temps où nous succombâmes pour la patrie,
» à ceux où vous vivez pour elle ; de la mission de
» deuil que nous remplîmes, aux fonctions douces et
» faciles dont l'exercice vous est confié ! Nous condui-
» sions des hommes exaspérés par des souffrances
» démesurées, prévenus par leurs passions ; vous, au
» contraire, vous n'avez qu'à comprendre le vœu
» d'une nation mûrie par l'expérience de l'adversité,
» distinguée par son grand sens. Nous bravions la rage
» des tyrans ; vous tenez du trône même le beau droit
» d'élire qui vous réunit ici. Les persécutions, la mo-
» querie, le dernier supplice nous furent prodigués en
» échange de sacrifices inouis ; les acclamations de la
» France entière vous rendront à usure le soin que
» vous allez donner à sa gloire. Notre mort fut accom-
» pagnée du regret le plus poignant qui ait jamais
» tourmenté des âmes vertueuses, celui de laisser à la
» merci de la tourmente révolutionnaire les destinées
» de notre belle patrie ; votre devoir est d'enceindre
» dans le calme, d'environner de sentinelles vigilantes
» une institution naissante, propre à réaliser le chef-
» d'œuvre de la politique, par l'heureuse alliance des
» principes de la démocratie et de la monarchie. Faites
» faire bonne garde, ô électeurs ! des ennemis encore
» acharnés rôdent autour du camp, brûlans d'y porter
» le ravage en renversant les fondemens de la prospé-

» rité nationale. Ah! si par le plus grand de tous les
» maux, il était envahi....., la France, aujourd'hui
» relevée de ses agitations, n'aurait plus la force de
» survivre à des agitations nouvelles; et vous, vous
» deviendriez mille fois plus odieux que Bonaparte
» lui-même, qui, dédaignant un rôle de dieu, trahis-
» sant la foi d'un peuple qui l'appelait unaniment son
» législateur et croyait se reposer dans son sein de ses
» longs déchiremens, aima mieux inscrire son nom sur
» la liste des conquérans que de le léguer, couvert de
» gloire, à la postérité. Vous vous indignez, électeurs;
» je vois au feu qui brille dans vos yeux que je viens
» d'irriter votre patriotisme. Soit; je confesse ma faute.
» Et pour que vous l'oubliez sur-le-champ, j'affirme à
» la France qu'elle vous trouvera dignes de la liberté
» par le noble usage que vous vous proposez d'en
» faire.

» Vous n'enverrez à la tribune nationale ni ces figu-
» rans muets qui n'ont servi jusqu'à ce jour qu'à grossir
» le mobilier de la chambre, ni cet orateur ultramon-
» tain dont les benignes propositions, qui certes n'é-
» taient pas dans l'esprit de ses commettans, l'ont tant
» fait rire de pitié.

» Vous ne choisirez pas plus ce chevalier débonnaire
» qui, tout à la fois curieux d'échapper à sa nullité, et
» jaloux de déférer au bon ton de la haute société du
» Mans, s'avisa, par un beau jour, de pratiquer dans
» ses petits états, au grand déplaisir de quelques mem-

» bres de cette assemblée, un petit cours de persécu-
» tions graduées; de mettre en circulation de petits
» rôles bien étoffés, que son petit cerveau, quoiqu'en
» tutelle, lui avait suggérés. Que pourrait-il attirer sur
» vous, sinon des mandats d'amener ou des lettres de
» change?

» Pour ce qui concerne ce riche trésorier dont on
» fait sonner si haut les services, vous seriez plutôt
» tentés de lui demander pourquoi, puisqu'il vous est
» si dévoué, la Sarthe a droit, depuis longues années,
» à un dégrèvement (1) de plus d'un million, que de
» l'honorer de vos bulletins.

» Electeurs, vous ne voulez pas que la France cesse
» d'être la première entre les nations. Vous adopterez
» des hommes d'une vertu, d'un patriotisme connus,
» d'une énergie prononcée, qui doivent plus à leurs
» talens qu'à leurs aïeux. Des hommes habiles dans la
» science militaire, la jurisprudence, l'agriculture et
» le commerce. Des hommes, en un mot, fortement
» intéressés à réhausser la fortune et la gloire de votre
» département.

---

(1) Le département de la Sarthe, le sixième des plus imposés,
a droit à un dégrèvement en principal de plus de huit cent mille
francs; ce qui, dans l'état actuel des choses, emporte un dégrèvement d'un million trois cent mille francs. (*Extrait du travail de
M Pouce-Sialge, inspecteur-général des finances, intitulé:* Finances
de la France en 1817; des Répartitions de la contribution fon-
cière et du cadastre.)

» Mais..... ô honte ! de plats valets, des roturiers
» complaisans s'agitent sourdement parmi vous, pour
» gagner des voix à leurs maîtres ! Dans cet état de
» choses, qu'avez-vous de mieux à faire ? La mine
» basse de ces transfuges contraste d'une manière assez
» tranchante avec votre fierté patriotique, pour qu'il
» vous soit aisé de les reconnaître. Vouez-les d'un re-
» gard à la raillerie publique.

» La France l'attend, aucun obstacle ne vous retient ;
» décidez librement du sort et de vous-mêmes, et de
» vos familles, et de la patrie.... J'ai presque dit, et
» de celui de l'Europe. »

A ce langage généreux du martyr de la liberté, je ne
veux ajouter qu'un mot. C'est que j'ai l'honneur d'être,
monsieur, avec une sincère estime,

Votre humble concitoyen,

DENIS-CLAUDE BARBIER.

Le 17 octobre 1818.

Au Mans, de l'Imprimerie de RENAUDIN.